Quel temps fait-il?

LA NEIGE

Christopher Hernandez
Illustrations de Richard Watson
Texte français d'Isabelle Allard

Éditions
■ SCHOLASTIC

POUR MA FAMILLE — TANT QUE VOUS M'AIMEREZ,
IL PEUT BIEN NEIGER!
—C.H.

Catalogage avant publication de Bibliothèque et Archives Canada

Hernandez, Christopher
La neige / Christopher Hernandez ; illustrateur, Richard
Watson ; traductrice, Isabelle Allard.

(Quel temps fait-il?)
Traduction de: Snow.

ISBN 978-1-4431-2531-4

1. Neige--Ouvrages pour la jeunesse. I. Watson, Richard, 1980-
II. Titre. III. Collection: Hernandez, Christopher. Quel temps fait-il?

QC926.37.H46814 2013   j551.57'84   C2012-906458-0

Édition publiée par les Éditions Scholastic, 604, rue King Ouest,
Toronto (Ontario) M5V 1E1

5 4 3 2 1   Imprimé au Canada 119   13 14 15 16 17

Conception graphique du livre : Jennifer Rinaldi Windau

La neige...

étend son blanc manteau.

La neige…

fait glisser le traîneau.

La neige…

forme une boule dans tes mains.

La neige…

est parfaite pour viser tes copains.

La neige…

te donne un bonhomme joyeux.

La neige…

e permet de faire un ange ou deux.

La neige…

tombe sur ta langue et tes gants.

La neige…

réunit les petits et les grands.

La neige…

nous amuse pendant des heures.

La neige…

crée un paysage enchanteur.

Pour en savoir plus sur

LA NEIGE

Les flocons de neige sont des cristaux de glace qui tombent des nuages.

La glace est formée d'eau gelée.

Les flocons sont de formes et de tailles différentes.

Il n'y a pas deux flocons identiques.

Une grosse chute de neige est une tempête ou un blizzard.